DANTE

DANS LES IMPRESSIONS DE LAMARTINE

PAR

FILOMENO ABATE

PROFESSEUR DE LANGUES À MESSINE

MESSINE

IMPRIMERIE ET STÉRÉOTYPIE CAPRA

1878.

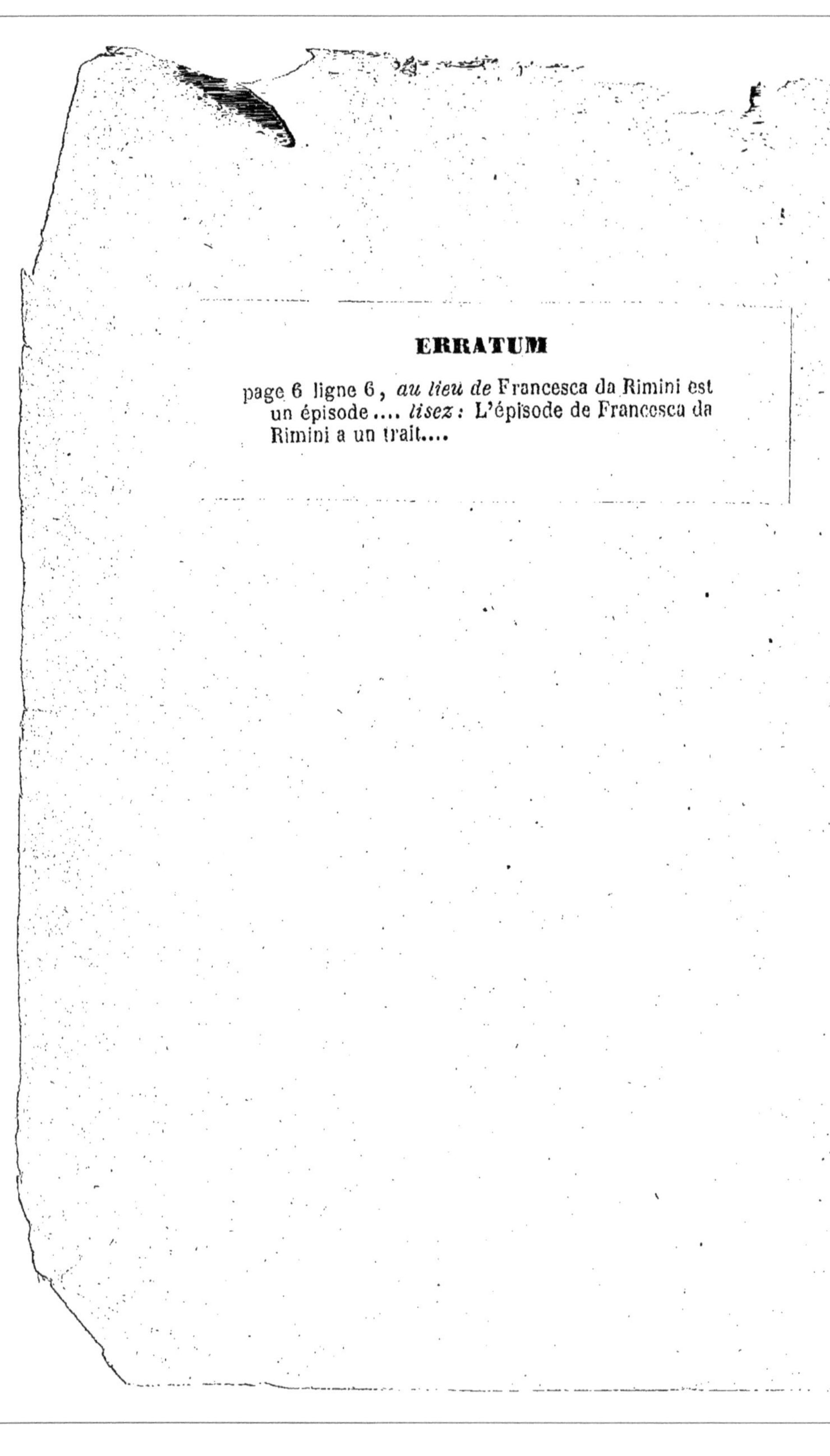

ERRATUM

page 6 ligne 6, *au lieu de* Francesca da Rimini est
un épisode.... *lisez :* L'épisode de Francesca da
Rimini a un trait....

DANTE

DANS LES IMPRESSIONS DE LAMARTINE

PAR

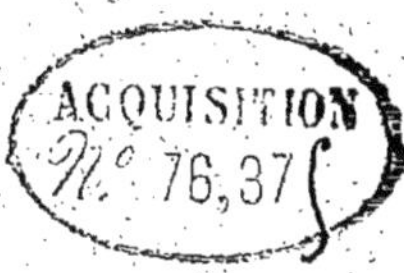

F. ABATE

PROFESSEUR DE LANGUES À MESSINE

MESSINE

IMPRIMERIE ET STÉRÉOTYPIE CAPRA

rue Torrente Portalegui, 139

1878.

I.

Si l'on est pleinement d'accord à croire que les hommes subissent les influences du temps, il faut pleinement convenir, que les langues, ces instruments principaux des hommes, sont sujettes aux mêmes influences. Toute la vie collective de l'humanité se reproduit dans la parole plus ou moins cultivée, et c'est cette culture plus ou moins prononcée qui détermine la fortune des langues.

Le provençal exerça, comme on sait, pendant longtemps, une influence souveraine sur l'Occident. En effet, l'Espagne et précisément la Catalogne, sous la domination de Raymond Béranger fut très-longtemps provençale, et, malgré les formes italiennes, dont elle a voulu s'enrichir au xive siècle, sa poésie lyrique a persisté dans le goût des troubadours.

L'Angleterre, dont l'idiome ne s'était pas encore dépouillé de la barbarie où il croupissait, envoyait ses enfants en Gaule, pour y cultiver cette langue, qui jouissait en Europe d'un crédit universel, et au xiiie siècle l'anglais Mandeville racontait dans la langue primitive et nationale de la France, ses pérégrinations suspectes.

En Italie, les génies créateurs connurent profondément la valeur littéraire des deux langues, c'est-à-dire, de la langue d'Oc et de la langue d'Oïl, qui se partageaient la France d'aujourd'hui. Dante [1] tout le premier, profond connaisseur des caractères qui rapprochent les trois grands dialectes romans, en marque la physionomie par les traits suivants :

« La langue d'Oïl allègue pour soi qu'à cause de ses formes plus faciles et plus agréables, tout ce qui a été rédigé en poèmes narratifs lui appar-

----

[1] Pleinement conforme à l'opinion suivante de Littré, nous nous abstenons de mettre l'article devant Dante :

« Dante, et non comme on dit d'ordinaire présentement mais à tort, le Dante; dans le seizième siècle, nous ne mettions pas l'article à son nom; c'est plus tard que cette mauvaise habitude s'est introduite, par une fausse connaissance de l'usage italien : les Italiens mettent l'article devant le nom de famille, *l'Alighieri, il Tasso,* mais jamais devant le prénom; et comme Dante, contraction de Durante, est un prénom, il ne prend pas l'article en italien et ne doit pas le prendre en français. »

tient; la langue d'Oc peut prétendre qu'elle est la première qui ait eu des poètes, comme plus parfaite et plus douce... La troisième, celle des latins (l'italien), peut s'attribuer deux priviléges : d'abord c'est d'elle que viennent ceux qui ont montré dans la poésie vulgaire plus d'harmonie et plus d'art, ensuite ils paraissent s'appuyer davantage sur la grammaire. »

Guido Guinicelli, dans le xxvie chant du Purgatoire de la *Divine Comédie*, sensible aux éloges que lui adresse le poète italien, lui montre Arnauld troubadour provençal, à qui Dante fait dire en langue d'Oc :

Ei cominciò liberamente a dire :
  Tan m'abelis vostre cortes deman,
  Ch'ieu non me puesc nim voil a vos cobrire.
Jeu sui Arnautz che plor e vai cantan :
  Consiros vei la passada follor ;
  E vei jauzen lo joi, qu'esper denan.
Aras vos prec, per aquella valor,
  Que us guida al som sens freich e sens calina,
  Sovegna vos a temps de ma dolor.
Poi s'ascose nel foco che gli affina.

Dante est d'avis que parmi les troubadours, Arnault Daniel est celui qui *surpassa tous les écrits d'amour en vers et tous les romans en prose.*

   Versi d'amore e prose di romanzi
   Soverchiò tutti.

Et l'on croit voir par là, comme dit Ginguené, « l'influence qui avaient eue les troubadours sur la poésie italienne dans ses premiers temps » [1]).

Dans son enfer, tantôt il rencontre Tristan, tantôt Bertrand de Born, *portant lui-même à la main sa tête ensanglantée*. Francesca da Rimini est un épisode puisé dans le cycle d'Arthur.

Pétrarque se passionnait pour les chants des troubadours, et il avait écrit lui-même en langue d'Oc un grand nombre de vers estimés alors.

Boccace éclipsait tous les conteurs en leur faisant beaucoup d'emprunts.

L'Arioste, profondément impressionné des chants épiques, en conserve dans son *Roland furieux* tous les éléments chevaleresques.

Pulci et Boiardo puisent leurs fictions dans le cycle d'Arthur.

Le Tasse trouve dans le cycle d'Arthur l'idée première d'Olinde et Sophronie.

Brunetto Latini composait en vieux français le *Trésor de toutes choses*, traduit en italien par Buono Giamboni, et une grammaire appelée *Le livre de la bonne parleur*, et en effet il trouvait dans le vieux français « la parleur la plus délitable. »

Martino Canale faisait une traduction de l'histoire latine de Venise en vieux français, parce-

---

[1]) *Histoire littéraire de l'Italie.*

que « la langue françoise, disait-il, cort parmi le monde et est plus délitable à lire et à oïr que nule altre. »

Le vénitien Marco Polo écrivait, dans cette même langue, ses voyages consciencieux.

Rusticien de Pise écrivait son roman de *Méliadus*.

Enfin Adenès pouvait dire avec raison dans son poème de *Berte aux grans piés* :

Avoit une coustume eus d'Tyrois païs
Que tout li grant seignor, li comte et li marchis
Avoint entour eux gent françoise tous dis
Pour apprendre françois leur filles et leur fils.

II.

Cette demi-latinité, se prêtant avec grâce aux besoins de l'époque, et se procurant par ses efforts et par ses lumières la langue compatible avec la condition des temps, faisait affluer un grand nombre d'écrivains, et depuis les plus nobles seigneurs jusqu'aux pages de la cour, et depuis les pages jusqu'aux fils des serfs, tous payaient leur tribut d'admiration, et bien souvent ils se faisaient eux-mêmes tour à tour troubadours, trouvères, jongleurs, conteurs.

Cette demi-latinité, nous montre, dans son

enfance, les efforts, les progrès que l'esprit humain a faits dans l'application de la parole, et quels travaux elle a dû subir pour se débarasser du latin, ou au moins pour en altérer la construction à laquelle elle était soumise.

III.

Les Normands cependant, en refoulant toujours par leurs modifications la langue du midi, appelée la langue d'Oc, contribuèrent peu à peu et presque insensiblement à donner à leur dialecte, dans toute la France, non-seulement une allure plus distincte, mais plus indépendante et plus durable, de sorte que la langue d'Oc cessait au XIVe siècle de développer ses élans littéraires pour faire place à la langue d'Oïl, qui allait être imposée partout par le génie et la puissance des Normands.

En Sicile, grâce à un avant-goût, à un pressentiment des graves événements qui perçaient l'avenir, la langue des Normands ne fit que paraître, et en effet, bientôt après, toute l'Italie se signale par des chefs-d'œuvre immortels, elle s'élève tout-à-coup à la hauteur de son génie, elle devient adulte dans la gloire de ses lettres, elle touche déjà à l'apogée de son grand siècle littéraire.

Tous ces troubadours, tous ces trouvères, tous ces conteurs, dont les progrès toujours croissants ont filtré et tamisé la langue d'aujourd'hui, qui est devenue, au dire de Nisard, l'image la plus exacte de l'esprit français, furent les premiers à être frappés des progrès qui se complétaient en Italie, qui, non-seulement se détacha de l'imitation des troubadours, *mais elle devint l'initiative de la France.*

IV.

Cette vieille littérature française, qui contient une foule de précieuses connaissances pour l'esprit humain, des beautés pleines de sentiments naturels, et, qui plus est, une gloire nationale pour les Français, fut longtemps entravée par des préjugés qui durèrent plusieurs siècles avec une opiniâtreté toujours croissante.

Au commencement de notre siècle, bien des écrivains français étaient complétement étrangers à la connaissance de cette vieille langue, soit que les anciens textes leur fussent un langage barbare, soit qu'ils eussent peur que cette érudition ne leur fît altérer l'orthographe moderne, cette vieille connaissance restait encore un objet de crainte, la tête de Méduse.

Les Paulin, les Littré, les Guesnard, les Raynouard, les J.J. Ampère, les Chaimalle de Lincy, les Méons, et d'autres, ont commencé par tirer l'attention d'un petit nombre d'amateurs des choses anciennes, et malgré leurs études approfondies et la chaleur de leur zèle dans les recherches littéraires primitives, le xvıı⁰ siècle, c'est-à-dire l'apogée de la fortune des lettres en France, était la sentinelle vigilante qui obstruait le passage aux siècles antérieurs.

Le xvııı⁰ siècle, qui pourrait s'appeler à juste titre, le siècle de la transformation, en ralentissant la marche aux curiosités littéraires de la Grèce, auxquelles le siècle précédent s'était livré, ne chercha pas à s'ouvrir un passage à travers les curiosités littéraires qu'il gardait dans son sein ; de sorte qu'on fut frappé d'étonnement en France, lorsqu'on apprit, il n'y a pas longtemps, que de l'autre côté du Rhin, les textes du vieux français étaient réligieusement recueillis, systematisés, et que la fleur de la grammaire s'épanouissait avec tous les caractères qui lui sont propres. Ce fut alors que cette étude fut prise au sérieux et que l'esprit d'érudition signala des progrès considérables dans ce mouvement de renaissance première. Le passé n'est plus caché par le présent, les appréhensions reculent, les personnes sensibles à la moderne orthographe s'habituent à celle qui était ancienne et effrayante, les préventions disparaissent, la défiance dévient confiance.

V.

« On aurait tort de penser, dit Littré [1], un des esprits philologues remués par cette conflagration, que cette étude des débris de l'antiquité, des vieux textes et des vieux monuments soit stérile et sans portée ; elle a une action sur les intelligences, elle les modifie, et coopère ainsi pour sa part aux mutations successives qui affectent les sociétés. Voir le passé sous un plus véritable jour importe grandement à l'intelligence que l'on a du présent et à l'usage que l'on en fait. » « Pourquoi, dit Molan [2], n'entreprendrions-nous pas de remonter jusqu'à leur source les principales branches entre lesquelles ce grand courant se divise ? N'y a-t-il pas un vif intérêt à voir naître sur notre sol la poésie, le roman, le théâtre, l'art de la parole, qui eurent pour la suite une si longue et si brillante histoire ? Cette excursion dans le passé ne vaut-elle pas bien une exploration des roches abyssiniennes ? et ne doit-on pas en espérer des renseignements aussi précieux ? » « Qu'on se donne seule-

---

[1] *Histoire de la langue française.*
[2] *Origines littéraires de la France.*

ment la peine d'apprendre à lire notre français du moyen âge, dit Pellissier [1]), et, suivant l'heureuse expression de J. V. Le Clerc, on en verra renaître toute cette vieille poésie qui fut quelque temps celle de l'Europe et que les productions de nos trois derniers siècles avaient fait condamner à un injuste oubli. »

Eh bien! le moyen âge artistique et littéraire fut réhabilité, grâce à l'activité, à l'ardeur de ce peu d'hommes zélés et patients à la fois; mais pourra-t-on croire qu'il ne reste pas d'autres reliques à exhumer? Nous ne le croyons pas. Aujourd'hui même, que cette érudition a donné des résultats avantageux, il est des écrivains, et c'est le plus grand nombre, qui ne vont pas au fond des choses, et qui plus est, ce sont eux précisément qui s'érigent le plus en arbitres, en censeurs sur les chefs-d'œuvre de l'intelligence humaine.

VI.

Alphonse de Lamartine, dont le rayonnement de la pensée a joué un grand rôle dans le monde politique et littéraire, est au nombre de ceux que

---

[1]) *Histoire de la langue française.*

ce genre de savoir ne touchait pas, ou s'il en a
été touché un instant, il en est resté effrayé à jamais, car, son imagination trop vive, sa fantaisie
chaude, sa nature trop sensible et trop expansive
et ses impressions trop fougueuses, l'ont toujours
déconseillé, et si l'on veut, lui ont ôté l'envie de
rémonter au berceau de sa langue maternelle.

Le primitif en littérature n'entrait pas dans le
goût du poète français. « S'il étudie l'antiquité,
dit un moderne critique [1], c'est au hasard et
sans ordre ; dans son premier voyage d'Italie il
emporte sous son bras les historiens, les poètes,
les déscripteurs de Rome, va s'asseoir sur les
ruines du Forum ou du Colysée. Poètes, pein-
tres, historiens, grands hommes, tout passe con-
fusément devant lui. Ce fut mon meilleur cours
d'histoire, dit lui-même dans ses *Confidences*.
La solide et sévère raison des auteurs anciens,
ce pain des forts, a peu de goût pour cette bou-
che délicate. »

Certes, la vocation de Lamartine n'était pas
à l'antiquité classique, elle ne remontait pas même au moyen âge, auquel appartiennent tant de
belles créations poétiques, qui ont été savourées,
goûtées, appréciées, comme nous venons de le
dire, par tous les peuples de l'Occident. Le vieux
français, dont la locution n'était pas encore fixée

---

[1] DÉMOGEOT, *Histoire de la littérature française*.

sur un système définitif, dont la locution ne constituait pas l'art dans toute la noble signification du mot, n'était pas la langue révérée par Lamartine.

Ouvrons un instant ses *Confidences* et écoutons lui-même : « Parmi ces poètes, dit-il, ceux que je feuilletais de préférence n'étaient pas alors les anciens, dont nous avions, trop jeunes, arrosé les pages classiques de nos sueurs et de nos larmes d'écolier. Il s'en exhalait, quand je rouvrais leurs pages, je ne sais quelle odeur de prison, d'ennui et de contrainte, qui me les faisait refermer comme le captif délivré qui n'aime pas à revoir ses chaînes. »

VII.

Or, si l'on compare le vieux français avec l'italien, le doux bâtard du latin, comme l'appelle Byron, et surtout avec l'italien du moyen âge, on verra jusqu'à l'évidence que les deux langues ont partout des traits de ressemblance. Nous avons eu la patience de recueillir un grand nombre de mots, de phrases tout-à-fait conformes, tout-à-fait analogues aux deux langues, mais nous ne les reproduisons pas ici, parceque cela mènerait bien long. « A leur point de départ, dit

J.J. Ampère[1]), les divers idiomes néo-latins étaient plus près les uns des autres qu'ils ne le sont aujourd'hui. Les rayons d'une roue se touchent au centre, et divergent toujours plus à mesure qu'ils s'en éloignent davantage. Le sens primitif de plusieurs mots français peut donc être expliqué par le sens des mêmes mots dans les autres langues néo-latines. Ainsi, dans l'ancien français, *talent* signifiait *désir*, *volonté*, comme *talento* en italien ; *calt* il importe comme *cale*, » etc.

Si la syntaxe moderne de la langue française ressemble plus à celle de la langue italienne et de l'espagnole qu'à celle de la langue d'Oc et de la langue d'Oïl, il faut reconnaître tout à la fois le besoin que les aïeux des Français actuels ont bientôt après ressenti d'avoir une langue plus obéissante, plus libre dans son allure, et les grands travaux des puristes à dénaturer la presque totalité des éléments latins dont les langues romanes étaient revêtus.

Mais sous le rapport de l'inversion, l'italien, et principalement l'italien poétique, a avec le français moderne des caractères différents, tandis que le vieux français a une grande ressemblance avec l'italien du moyen âge. Cette conformité essentielle des deux langues néo-latines dans leurs temps primitifs a eu lieu grâce à la fidélité

----

[1]) *Histoire de la langue française.*

qu'elles ont gardée aux habitudes de la latinité. Cette inversion si naturelle au latin, n'étant pas dans le génie de la langue française, qui suit l'ordre de la relation que les mots ont entre eux, reculait toujours, tandis qu'en langue italienne et surtout en poésie, l'inversion vit encore, et elle vivra peut-être à jamais, parceque c'est dans le génie même de la langue de placer les mots selon qu'ils se présentent à l'imagination de l'écrivain.

VIII.

Lamartine, qui était étranger à la langue du XIIIe siècle, n'avait pas l'oreille habituée à cette transposition naïve, à ce charme rustique qui répand une verve, une force, confuse parfois, mais naturelle et virile. Il n'avait pas l'exquise sensibilité de cette lumière reculée, qui réfléchit sur la poésie de Dante tout l'éclat du moyen âge, sur cette poésie qui créait une langue tout-à-fait bornée jusqu'alors, et à la merci de tant de dialectes dont aucun ne manifestait encore une physionomie constante et durable pour rendre la pensée à toute la hauteur de ses mouvements. Il n'avait pas cette patience qui sait développer tout le mécanisme de la poésie des siècles antérieurs, et loin de lire au long les productions naïves et brillantes du moyen âge, loin de songer à vaincre les difficultés de la langue de Dante, il se replie sur ses impressions, qui, n'étant pas affectées par toutes les fluctuations qui ont fait mouvoir, agiter la pensée de cette haute poésie, lui font porter des jugements inconsidérés sur la *Divine Comédie*.

IX.

Mais Lamartine prenait mal son temps, car, ses jugements avaient lieu au milieu même du fanatisme que réveillait, pour la seconde fois, après une longue nuit de silence, le poème de Dante; au milieu même des Français accourant en foule aux leçons d'Ozanam qui éléctrisait leurs âmes par l'explication de la *Divine Comédie*; pendant même que les Anglais, influencés par Boyd, parcouraient l'Italie, Dante en poche, pour examiner les lieux où cette grande illustration avait réspiré, vecu, souffert ; dans le temps même que Deschamps annonçait, expliquait les *Dernières paroles* du grand italien à un auditoire d'élite ; à l'instant même peut-être que Villain Lami moissonnait, cueillait des palmes, des lauriers par ses leçons sur la grande composition poétique italienne.

Quelle conscience s'est-il faite pour frapper d'anathème la plus féconde poésie qui ait jamais rayonnée sur l'intelligence humaine? Toute la portée féconde et grandiose du vers de Dante, n'est, selon Lamartine, qu'*une gazette florentine, une crhonique rimée* [1]. Peut-être veut-il imiter Voltaire qui déclare que Dante est un fou et son ouvrage une monstruosité poétique? « Mais Voltaire, dit Lamartine lui-même [2], en parlant de Dante, ne l'avait évidemment pas lu tout entier (chose difficile) »; et toi Lamartine, l'avais-tu lu tout entier, toi? Et puis, est-ce qu'on doit lire Dante à bâtons rompus comme un livre trop léger? et quand on veut s'obstiner à le lire simplement, Dante devient à coup sûr une *gazette florentine, une chronique rimée*, « mais j'avoue, dit le poète français [3], que jusqu'ici je n'ai pu lire avec une complète sécurité de sens le poème du Dante que dans l'édition en deux langues de M. Artaud, et en contrôlant à chaque instant le texte par le commentaire. » On voit par là que Lamartine lisait Dante à travers les traductions, et nous qui partageons pleinement l'opinion de Littré, nous sommes d'avis que l'on ne peut pas faire une traduction parfaite de la *Divine Comé-*

---

[1] *Cours familier de littérature.*
[2] *Souvenirs et Portraits.*
[3] *Ouvrage cité.*

die en français moderne , tandis qu'en vieux
français, elle aurait toute l'intensité nécessaire
au goût du lecteur. « La langue d'Oïl, dit Littré [1]), contemporaine de la langue de Dante, a
des ressources toutes naturelles pour se prêter
aux tournures et aux expressions de la langue
italienne de ce temps-là » et après cela, l'illustre
philologue traduit, comme un essai, des tercets
de Dante en langue d'Oïl, qui ont une verve, une
intensité, une force tout-à-fait méconnue à cette
foule de traducteurs qui ont voulu présenter
Dante en habit d'Arlequin.

X.

Quoi qu'on en dise, les traductions ne sau-
raient nous donner tout ce dont nous pourrions
avoir besoin pour nos voluptés intellectuelles. Les
Artaud, les Brizeux, les Mesnard, les Lamennais,
les Saint-Mauris, les Rivarol, les Calemard, les
De la Fayette, les Terrasson, les Ratisbonne ont
traduit le poème de Dante, tous ces travaux, les
uns en prose, les autres en poésie, en vulgarisant
la vaste production italienne en France, n'ont pas

---

[1]) *Histoire de la langue française.*

complétement remis la poésie italienne du moyen âge.

Le chevalier Artaud de Montor, à qui Lamartine a consacré quelques belles pages dans ses *Souvenirs et Portraits*, passe pour le traducteur le plus élégant et le plus fidèle de la *Divine Comédie*, et, malgré sa connaissance approfondie de la langue italienne, et sa longue résidence à Rome et à Florence, en qualité de chargé d'affaires, il a déguisé en beaucoup d'endroits l'âme de cette poésie, qui a su animer d'un souffle immortel les passions qu'elle transporte dans le domaine de la fantaisie.

Écoutons la traduction de quelque vers de la *Divine Comédie* par Artaud.

> Tu proverai sì come sa di sale
> Lo pane altrui.

Traduction :

Tu sauras combien le pain étranger est amer.

Eh bien, où est, demanderions-nous, la fidélité du verbe *provare*, et de la phrase *saper di sale?* Où est la fidélité et l'élégance du pronom indéfini *altrui?* [1]) Ce n'est qu'un vers entre

---

[1]) Le pronom indéfini *autrui*, quelque élégant qu'il soit, a toujours été en butte aux caprices des siècles. Au moyen

mille que nous pourrions citer, si nous aimions
à traîner en longueur, mais il suffit qu'on voie
que le beau de la poésie n'est pas reproduit dans
toute sa fidélité, et il ne le sera jamais, car le
véritable mot dans la véritable place n'est pas
accessible, dans la traduction, à l'esprit du lecteur, et surtout lorsque l'original est Homère,
Dante, Tacite, Shakespeare, Corneille ; avec ces
hommes-là, il faut tout voir de ses yeux.

Les œuvres des grands poètes se manifestent,
se développent, s'agrandissent dans leur originalité, et l'on ne saurait même changer la poésie
en prose, ou viceversà, sans en altérer l'exquise
nuance du goût et de la pensée.

Napoléon I fut spectateur de l'œuvre *plus*

âge, *autre* était le cas sujet, *autrui* le cas régime. Au dix-
septième siècle, on voulait condamner l'emploi de ce pronom
autrui en le remplaçant par *autre*. Vaugelas alors, bien
qu'ignorant de l'origine du mot en question, le prit sous sa
protection et le fit admettre à l'Académie. Il y a quelques
années M. Bescherelle jeune souleva une question à la Société Grammaticale, sur la phrase suivante d'un écrivain :

« *Il est beau d'appuyer l'opinion d'autri quand* AUTRUI
a raison. »

Il était question de savoir si l'on peut employer le pronom *autrui* comme sujet, et pour ne pas rapporter tout le
procès-verbal de la séance, nous nous bornons à la conclu-
sion que voici :

« *La Société consultée, prononce que, dans la phrase
citée,* AUTRUI *est employé comme sujet, sans contrarier les
règles grammaticales.* »

On voit par là que ce pauvre pronom a souffert mort
et passion.

bizarre que louable tentée par Arrivabene, qui voulut mettre en prose la poésie de Dante.

« Toute l'Italie, dit-il [1]), ne fut qu'un cri d'indignation, contre la bizarre entreprise. Il est certain que mettre le Dante en prose est un acte sacrilége, et plus extravagant encore que si l'on essayait de récrire le *Télémaque*, non en vers, mais dans une autre prose que celle de Fénélon. Arrivabene parut d'autant plus inconcevable que lui-même avait de hautes dispositions pour la poésie. Il croit justifier son audace en prétendant qu'il avait eu seulement le dessein de rendre le Dante plus intelligible. On lui répondit qu'au prix d'un peu de clarté, il ne fallait pas le mutiler si indignement. »

D'ailleurs il est des mots, des locutions, des phrases qu'il est tout-à-fait impossible de rendre d'une langue à une autre, et quelques efforts qu'on fasse pour remettre le pur sens de la pensée avec la même intensité de l'original, le traducteur reste toujours écrasé par le texte qu'il veut traduire.

Voyons les vers suivants de la *Divine Comédie:*

E caddi come corpo morto cade.

Écoutons Ginguené, qui est maître de sa matière :

---

[1]) *Mémoires de Napoléon I.*

« *Corpo morto* n'a rien que de noble en italien : un corps mort serait ridicule en français.

> Padre assai ci fia men doglia
> Se tu mangi di noi : tu ne vestisti
> Queste misere carni, e tu le spoglia.

« Ce tercet est excessivement difficile à traduire. *Se tu mangi di noi* est même tout-à-fait intraduisible : il est impossible de dire en français *manger de nous*, comme on dit *manger du pain*, et c'est cependant cette ressemblance d'expression qui dans l'italien est en même temps naïve et terrible. *Dépouille-nous-en aussi* paraîtra peut-être bien nu ; mais comment rendre autrement ces mots si touchants : *e tu le spoglia?* »

XI.

Lamartine dit [1] en parlant de Lamennais qui a traduit Dante mot à mot et de Chateaubriand qui a suivi le même système dans sa traduction de Milton :   « Que vous demande, en effet, le lecteur? Ce ne sont pas des mots, c'est du sens. Or deux langues différentes n'expriment pas le même sens dans les mêmes mots, ni dans le mê-

---

[1] *Souvenirs et Portraits.*

me nombre de mots. Si vous vous astreignez à rendre puérilement le vers par le vers, le mot par le mot, le tercet par le tercet, l'octave par l'octave, que faites-vous? Vous faussez par l'effort votre propre langue sans parvenir à lui faire rendre ni la forme ni le sens de la langue que vous traduisez......... Encore une fois, ce n'est pas l'expression qu'il faut traduire, c'est le sentiment. »

Qui oserait révoquer en doute que la vérité ne brille splendidement dans ce peu de lignes éloquemment exprimées? Mais une grande poésie, telle que celle de Dante, pourrait-elle être hautement appréciée par le sens seulement, par les seuls mots? Quand bien même la prose et la poésie françaises auraient des ressources pour la reproduction fidèle d'une prose ou d'une poésie étrangère, les auraient-elles aussi ces ressources pour la reproduction fidèle des sensations que le vers de Dante nous offre à tout moment?

La poésie de la *Divine Comédie* est vaste et profonde comme le génie qui l'inspirait, elle ne rejaillit pas à la première lecture, elle doit être étudiée dans l'histoire de ses temps, dans les convulsions de la vie du poète. Elle ne saurait être comprise, à moins que l'esprit du lecteur ne soit en parfaite harmonie avec celui du poète. Dante jette le vers, trempé dans la douleur de son âme et laisse au lecteur le soin de le comprendre à travers ses mots, qui retentissent d'un sens profond et frappant. Le vers qui semble ne rien dire, cache une pensée profonde qui a toutes les nuances d'une langue nouvelle, dont les fluctuations sont suivies à la rigueur, par la fantaisie du poète. Qu'on change la forme d'un vers, qu'on substitue une expression à une autre, un mot à un autre, et l'on aura complétement perdu cet effet magique qui constitue tout le charme de la *Divine Comédie*. Le sens seulement ne suffit pas; il ferait disparaître l'energie des expressions dans toute leur saveur originale, le pathétique, la fraîcheur, la noblesse des images et l'art poétique qui les revêt.

Prenons, par exemple, un vers entre mille :

Quel giorno più non vi leggemmo avante.

Écoutons Rivarol qui traduit le sens :

« ... et nous laissâmes échapper le livre par qui nous fut révélé le mystère de l'amour. »

Rivarol, malgré l'élégance de ses tours, nous présente, par sa traduction, un poète dont la naïveté ne serait nullement rendue à l'âme du lecteur.

La naïveté, le coloris du mot se tiennent à l'écart, disparaissent. Quelle impression produit une traduction si peu analogue à l'original, si ce n'est une image imparfaite et trompeuse ?

XII.

Les Fauriel, les Littré, les Ozanam, les Ampère, dont l'âme est, pour ainsi dire, mille fois retrempée dans le foyer du moyen âge scientifique et littéraire, ont compris, ont apprécié fort dignement les beautés de la *Divine Comédie*, et chacun d'eux en a parlé en littérateur, en érudit, en philologue, en savant. Ce sont eux qui ont su appliquer à Dante ce que Boileau a dit d'Homère :

C'est avoir profité que de savoir s'y plaire.

Ce sont eux qui ont su se pénétrer de l'âme de cette poésie supérieure, qui ont jeté du jour sur cette vaste production. Les voluptés intellectuelles qu'ils ont su démêler dans le célèbre poème ont excité une profonde sympathie en France pour le poète florentin.

Entrons dans quelques détails.

XIII.

Fauriel, le dépositaire le plus loyal des confidences de Manzoni, remontait dans ses études

italiennes aux devanciers ou contemporains de
Dante, et Fra Guittone, Guido Cavalcanti, Cino
da Pistoia, lui étaient si familiers qu'au dire de
Sainte-Beuve, « Ginguené lui demandait ses indications érudites pour son histoire littéraire
d'Italie. » Guizot le pressait avec intérêt d'avoir
des nouvelles de son Dante et de ses troubadours.
Charles Botta s'entretenait avec lui des pures
sources de la langue italienne, et tous deux res-
sassiaient l'idiome dans sa saveur inaltérée. Botta
le consultait dans ses travaux littéraires, parcequ'il savait que l'esprit de Fauriel était plein de
ressources exercées, muries à l'école primitive
de la langue italienne. Monti lui demandait son
jugement *de connaisseur expert en toscan* sur le
second volume de son *Iliade*.

Fauriel cherche tout dans ses origines : les
langues, l'amour, l'histoire, la chevalerie, les
races.

N'est-ce pas là un homme doué d'études su-
périeures pour apprécier hautement les beautés
de la *Divine Comédie*? pour apprécier hautement
le suprême poète dont il a écrit la vie avec une
plume trempée dans les racines les plus érudites
de l'antiquité classique?

XIV.

Littré dans son étude sur Dante, après avoir étalé d'un coup d'œil expert et profond les beautés du poème dont il est question, après avoir appelé Dante le modèle suprême de la haute poésie au moyen âge, après avoir posé de brillantes comparaisons entre Dante et Virgile ; nous montre ce que les vers du poète italien ont éveillé, comme par exemple, l'imitation de Byron, et il veut « qu'on s'habitue à considérer les littératures des cinq grandes nations européennes comme un bien commun, comme le patrimoine de chacun de nous. Un des objets de l'éducation doit être de tendre là. »

XV.

Ozanam, voilà un savant que nous rappelons ici pour la seconde fois, mais que nous n'aurions pas voulu nommer parmi ceux qui déposent en faveur de la *Divine Comédie*, parcequ'il est né a Milan. Les Italiens ont des veines qui regorgent du sang de la poésie de Dante. Ils colorent leurs

mœurs au feu de cette poésie supérieure, elle
féconde leurs esprits tout en éclairant leurs âmes;
et ici nous n'avons voulu exposer à la vue que
des Français. Mais la naissance d'Ozanam disparaît par ses parents, qui étaient français, et par
sa profession d'avocat et professeur de droit à
Lyon, puis professeur de littérature étrangère à
la Faculté des lettres de Paris : elle disparaît par
ses insignes publications françaises, parmi lesquelles on remarque: *Dante et les philosophes
catholiques au xiii*[e] *siècle:* elle disparaît comme
celles de Marie-Joseph et d'André Chénier, qui
sont nés à Constantinople, comme celle de Boccace qui est né à Paris. Il est donc français de
sang et d'âme, et qui plus est, il est de l'état
major dans ce brillant bataillon d'érudits. Tous
les arcanes du moyen âge, tout le dédale de cette
nuit obscure réverbèrent en lui, une lumière qui
resplendit encore dans toute sa clarté, après vingt-
cinq années de disparition éternelle.

Lamartine, qui ne voulut jamais fléchir le ge-
nou devant le moyen âge littéraire disait [1] « que
Ozanam avait pris ce crépuscule pour le grand
jour », il ne partageait pas ses *illusions.* « C'est
la raison, continue-t-il, qui fait le jour dans les
siècles, ce n'est pas la crédulité. Mais il faut re-
specter la lumière jusque dans son aurore. Le

----

[1] *Souvenirs et Portraits.*

moyen âge était une aurore. Dante, semblable au Lucifer du tableau du Guide, déchirait les ombres et secouait le flambeau devant ses pas. » Dante déchirait les ombres et secouait le flambeau devant ses pas, voilà du respect, jeté comme une aumône, en passant devant l'image éblouissante du grand Alighieri. Et Ozanam? Il est frappé de aveuglement; et pourquoi? parcequ'il savait lire dans le grand livre des siècles, parcequ'il avait l'esprit philologique et les yeux d'aigle pour faire ses délices de la poésie du moyen âge.

XVI.

J. J. Ampère, dans son voyage dantesque, a suivi Dante « pas à pas, dit-il, dans les villes où il a vécu, dans les montagnes où il a erré, dans les asiles qui l'ont recueilli, toujours guidé par le poème dans lequel il a deposé, avec les sentiments de son âme et toutes les spéculations de son intelligence, tous les souvenirs de sa vie; ce poème, qui n'est pas moins une confession qu'une vaste encyclopédie »; et après avoir parcouru la *Divine Comédie* sous différentes vues. « Pour acquérir, continue-t-il, de cette poésie un sentiment vif et complet, il est bon de descendre du premier point de vue au second. Après avoir

reconstitué par l'étude, l'édifice théologique que
Dante a élevé, et l'état social qu'il a dépeint, il
est bon de voir ce qu'il a vu, de vivre où il a
vécu, de poser le pied sur la trace que son pied
a laissée. Par là son génie n'est pas seulement
en rapport avec les idées et l'histoire de son siècle, il devient, pour nous-mêmes, quelque chose
de vivant, d'intime, de familier, de passé il devient présent, pour ainsi dire »…. et après cela,
il commence son voyage par la ville de Pise.
Pise lui rappelle Ugolin : « et bien qu'on n'en
soit, dit-il, grâce à Dieu, au temps où l'on ne
citait de la *Divine Comédie* que l'épisode d'Ugolin et l'épisode de Francesca da Rimini, laissant
de côté le reste du poème comme barbare et in-
digne d'occuper les gens de goût, cependant,
l'histoire du supplice infligé au chef pisan n'en
reste pas moins un des morceaux les plus éton-
nants de l'étonnant poème de Dante, un de ceux
qu'il est impossible d'oublier, surtout ici. » De
Pise il passe au mont S. Jullien et le voilà à
Lucques, de Lucques à Pistoja, et puis à Florence, puis à la vallée de l'Arno, d'où il se rend à
Sienne, et de là à Pérouse et à Assise, ensuite
il visite la petite ville d'Agubbio, aujourd'hui
Gubbio, le monastère de l'Avellana où se con-
servent, dit-il, le souvenir et la religion de Dante.
Rome ne lui paraît nullement indifferent, et le
voilà dans cette métropole où s'accomplit la crise

de la destinée de Dante, puis c'est Orvieto, c'est Bologne, c'est Mantoue, c'est Vérone, ville italienne à laquelle le grand poète n'a point dit d'injures, et puis Padoue, et puis Rimini, où Ampère éprouvait, dit-il, « cette émotion suavement douloureuse que porte au cœur le récit tendre et triste de Francesca. La poésie humaine n'a rien de plus simple et de plus profond, de plus pathétique et de plus calme, de plus triste et de plus abandonné que ce récit......... » Ampère se dirige vers Ravenne « aux approches de Ravenne, continue notre voyageur, une contrée déserte, des plaines vastes et solitaires, un ciel morne, une lumière sinistre, à ma droite les longues lignes de la Pineta, à ma gauche le soleil, à demi perdu dans des nuages, d'où s'échappait une flamme rougeâtre, m'annonçaient la sépulture de Dante. » Ici l'illustre voyageur s'arrête, en prenant congé de deux amis, qui ont fait en partie ce voyage, avec lui, et qui lui ont fourni une foule de directions et de renseignements, dont je ne saurais, ajoute-t-il, trop les remercier. Ces deux amis sont Capei, savant professeur de droit romain, et Capponi à qui Ampère adresse des expressions à la fois touchantes et reconnaissantes.

Ce voyage dantesque, tout-à-fait nouveau dans son genre, est la plus claire exposition de la vie, de l'esprit, des œuvres du grand poète italien. Il y est commenté à travers ses douleurs, ses souffrances, son génie. Les indications utiles, les observations ingénieuses remplies de vers du poète italien, les lumières inattendues qui jaillissent partout et à tout propos, manifestent jusqu'à l'évidence, la religion dont Ampère se vante pour le grand Alighieri.

Ampère, au dire d'Albert de Broglie, remontait avec ses auditeurs « par les sentiers les plus ardus, jusqu'aux origines ténébreuses des idiomes modernes. » Sa curiosité littéraire n'avait point de bornes, tantôt c'était la passion des hieroglyphes qu'il voulait aller déchiffrer lui-même sur les lieux et au naturel, jusqu'auprès des cataractes du Nil, tantôt c'était la religion des Brahames ou celle de Confucius, dont « il avait désiré étudier l'esprit dans les originaux », tantôt c'était la langue chinoise, dont il lisait, pour se distraire, pendant sa maladie, les livres dans l'original.

Ne sont-ce pas là les hommes qui savent et qui peuvent tenir tête à l'injustice de l'opinion ? Ne sont-ce pas là les hommes, qui, pour avoir vécu dans l'intimité du modèle, peuvent transmettre dans leurs âmes, toute la saveur, toute la verve, tout le feu dont la poésie de Dante est emprégnée ? Nous le croyons fermement, et disons-le sans ostentation, ces hommes-là connaissent les langues comme on connaît les peuples, dans leurs lois et dans leurs mœurs. Pour ceux-là,

les langues s'inoculent, ils voient la source vive
au fond de ce goût que nous cherchons tous ; et
c'est là la raison, pour laquelle il a été difficile,
presque impossible à des écrivains un peu désor-
donnés dans leurs études, à des écrivains dont
le goût est d'impression, d'apprécier à toute sa
valeur la poésie italienne du moyen âge.

Sans contredit, un écrivain français de premier ordre, ne saurait être apprécié conscien-
cieusement, en fait de langue, par un écrivain
italien et viceversà, à moins que les deux écrivains n'aient puisé à la source, au primitif de la
langue dans laquelle ils prétendent sentir en philologues.

XVII.

Selon Lamartine, Dante ne se manifeste poète
que dans quatre-vingts beaux vers environ, c'est
par ces quatre-vingts vers qu'il survit ; et nous
sommes fondé à croire que l'épisode d'Ugolin et
l'épisode de Francesca da Rimini sont les seuls
où Dante se révèle poète dans le goût du poète
français. Rien de plus possible, Lamartine avait
des organisations assez prononcées pour recevoir
des impressions exagérées, poussées jusqu'à l'impossible. Son cœur ne s'épanchait qu'aux émo-

tions vives et turbulentes. « J'étais né impressionable et sensible, dit lui-même dans ses entretiens avec le lecteur [1]. Ces deux qualités sont les deux premiers éléments de toute poésie. Les choses extérieures à peine aperçues, laissaient une vive et profonde empreinte en moi ; et quand elles avaient disparu de mes yeux, elles se répercutaient et se conservaient présentes dans ce que l'on nomme l'imagination, c'est-à-dire la mémoire qui revoit et qui repeint en nous. Mais de plus, ces images ainsi revues et repeintes se transformaient promptement en sentiment. Mon âme animait ces images, mon cœur se mêlait à ces impressions, j'aimais et j'incorporais en moi ce qui m'avait frappé. »

Il ne fallait pas le dire lui-même ; qu'on lise, pour s'en convaincre, l'impression qu'il reçoit à la lecture de la *Saccountala* : on le voit pleurer, battre des pieds comme un enfant, se mettre à genoux, faire un tapage incroyable, assourdissant : une impression si extraordinaire, a dit judicieusement un critique moderne, fait penser plus à Lamartine qu'au livre.

---

[1] *Le Conseiller du peuple.*

XVIII.

Son esprit, qui vivait dans l'improvisation, avait toujours besoin de se faire emporter par le feu lyrique qui brûlait dans son cœur. « Cela peut-être vrai, dit-il dans un de ses entretiens avec le lecteur [1]), pour des poètes souverains, infatigables, immortels ou toujours rajeunis par leur génie, comme Homère, Virgile, Racine, Voltaire, Dante, Pétrarque, Byron et d'autres que je nommerais s'ils n'étaient pas mes émules et mes contemporains ».

Qu'est-ce à dire? Tout-à-l'heure Dante, loin d'être un poète, n'était qu'une gazette florentine, une chronique rimée, et maintenant c'est un poète souverain, infatigable, immortel, toujours rajeuni par son génie !

Dante, comme on voit, n'est là que pour faire nombre, déstiné à agir sur les lecteurs comme un moyen littéraire, apte à révéler plus amplement la pensée ou les bonnes grâces de l'écrivain, qui, dans l'espérance de fraterniser avec la clameur publique dont il pressent partout des remontrances, jette, en passant, ce nom au mi-

---

1) *Le Conseiller du peuple.*

lieu de ceux qu'il croit peut-être véritablement
grands hommes.

Oui, bien souvent, dans sa multiple existence, une fraîcheur d'idées, de pensées, en jetant
sur son âme tout l'éclat de la vérité, lui manifeste que ses impressions ont été malheureuse-
ment poussées jusqu'à l'excès et que sa plume
s'est laissé emporter au-delà de sa pensée. Bien
souvent, il voit surgir du fond de l'intelligence
des écrivains d'élite, lui reprocher à l'unanimité
l'erreur de ses jugements, de ses opinions; et
lui, Lamartine, qui sait tonner en temps oppor-
tun, jette alors en plein siècle, en plein soleil,
son mot menaçant contre la critique, en l'appe-
lant *la puissance des impuissants*.

La critique, prise à contre-sens, mal assurée
dans ses éléments, doit être traînée dans l'avilis-
sement, doit être qualifiée ni plus ni moins que la
puissance des impuissants, rien n'est plus vrai,
et surtout quand elle s'applique à ce grand nombre d'hommes, qui, avant de mesurer leurs forces,
veulent s'ériger en censeurs sur les productions
de génie. Elle est la puissance des impuissants
pour tous ceux, qui, privés du discernement nécessaire à comprendre la stérilité de leurs talents,
ne veulent pas se mouler sur les vers de Michel
Cervantes, lorsqu'il manifestait avec une louable
naïveté que la nature ne l'avait pas fait poète :

Yo que siempre trabajo y me desvelo
Por parecer que tengo de poëta.
La gracia que no quiso darme el cielo;

mais elle est la puissance des puissants, le flambeau de l'intelligence, pour ces hommes privilégiés, qui, excités par l'instinct de Dieu à se dévouer à l'amélioration des productions de l'esprit humain, en ont fait une source de lumière.

Gustave Planche est là, avec toutes les spéculations de sa nature essentiellement critique; c'est bien lui qui a su faire comprendre à Lamartine ce que c'est que le talent de juger les ouvrages d'esprit, les productions de l'art, dans toute la noble signification du mot.

Eugène Pelletan est là, avec son volume *Le Monde marche*, et Lamartine ne put mettre au rang des péchés oubliés les 251 pages que Pelletan lui adressait, Pelletan un de ses amis les plus intimes et qui avait sondé les secrets recoins de sa nature. Ces 251 pages prennent l'illustre écrivain au mot, lorsqu'il a nié le progrès: « Lorsque d'un coup de plume inattendue Lamartine fit du progrès un rêve et rien qu'un rêve de l'esprit humain. »

Marc-Monnier est là, avec son livre impartial *L'Italie est-elle la terre des morts?* et le grand poète français avait-il peut-être besoin de parcourir toute l'excursion scientifique et littéraire que contiennent les 422 pages du livre en question, pour apprécier l' Italie dans tout son génie ?

Oui, il en avait besoin. S'il avait écoulé ses beaux jours sous le ciel italien « dont, dit-il, j'avais pour ainsi dire, aspiré déjà la chaleur et la sérénité dans les vers de Goëthe et dans les pages de Corinne :

Connais-tu cette terre où les myrtes fleurissent, »

il n'avait pas écoulé ses beaux jours au milieu des Italiens d'élite.

Il aimait l' Italie dans son ciel, dans son soleil, dans ses mers, dans sa langue peut-être, et dans toute sa nature enfin, qui resplendissait dans l'imagination du poète français avec toute la puissance de son âme lyrique. Son cœur et sa lyre ont même retenti de belles descriptions, de charmants récits pour les *splendides vestiges de Dieu* dont l'Italie se couronne.

En parlant de M. Artaud, il va jusqu'à dire [1]): « Les Italiens devraient revendiquer sa dépouille comme ils devraient revendiquer un jour la mienne, si l'homme doit dormir en effet dans la terre qu' il a le plus aimée. »

Mais l' art, cette inspiration sublime de la

---

[1]) *Souvenirs et Portraits.*

vérité du génie, était pour lui, perdu sans retour, dans les abîmes de son passé.

Heureusement, il n'a pas gardé toute sa vie ses idées, ses préventions. Plus tard, s'en étant dépouillé, il a voulu publier un ouvrage où il désavoue formellement et noblement son erreur relative à la patrie éternelle ; et quant à cela, plût à Dieu que les Italiens fussent tous pleinement informés de la noble et généreuse action de Lamartine envers l'Italie, avant de se déborder en injures, en imprécations contre lui.

Vers la fin de son existence littéraire, il avait déjà compris que le réveil, trop fâcheux pour lui, avait été immense, et désirant remporter une victoire sur ses impressions déjà passées, il écrivait [1]) à propos d'une épigramme que lui avait lancée Fiorentino, traducteur de Dante, dans un style français, dit-on supérieur, mais que nous n'avons pas lue : « La petite épigramme immeritée (car nous ne nous sommes jamais mis comme poète, au niveau seulement d'un vers du Dante) ne nous empêchera pas de remercier cet écrivain de son excellente interprétation. »

Il avait peut-être raison, mais il était trop tard, la nuée des pièces en vers et en prose qui s'était abattu sur son nom, ne pouvait plus être effacée du domaine de l'intelligence.

---

[1]) *Ouvrage cité.*

XIX.

Mais voyons toujours l'homme à travers ses impressions. Ouvrons ses *Souvenirs et Portraits*:

« J'avais acheté quelques années auparavant à Lyon, dit-il en parlant d'Alfieri, une édition de ce Corneille italien en douze volumes. »

Quelques pages après on y lit:

« Il venait de mourir (Alfieri) avant le temps, malade de dégoût pour les choses humaines et de mépris pour l'humanité ; la mauvaise humeur l'avait tué. Triste mort pour celui que l'on croyait un grand homme ! Mais ce n'était pas un grand homme en réalité. C'était un grand déclamateur en poésie et un grand humoriste en prose. Il n'y avait eu de vraiment grand que ses passions. »

Sans entrer dans des particularités littéraires sur le compte d'Alfieri, nous demanderons : Corneille fut-il vraiment grand ? Nul doute que ce fut lui qui releva la scène française, le seul qui eût reçu à l'unanimité la qualification de *grand*. Alfieri est trop petit, n'est-ce pas vrai ? Et pourquoi l'appeler donc Corneille italien ? Quelle qu'ait été la conformité de leurs passions, c'est toujours, ce nous semble, une indélicatesse envers l'auteur du *Cid*.

XX.

Ouvrons son *Voyage en Orient*, et précisément l'endroit où il est question de la visite que l'auteur fait à Lady Stanhope. Après quelques mots échangés de part et d'autre : « Quel est votre nom ? lui dit-elle. Je le lui dis. — Je ne l'avais jamais entendu ! reprit-elle avec l'accent de la vérité. — Voilà, milady, ce que c'est que la gloire. J'ai composé quelques vers dans ma vie, qui ont fait répéter un million de fois mon nom par tous les échos littéraires de l'Europe ; mais cet écho est trop faible pour traverser votre mer et vos montagnes, et ici, je suis un homme complétement inconnu, un nom jamais prononcé ! je n'en suis que plus flatté de la bienveillance que vous me prodiguez : je ne la dois qu'à vous et à moi. »

Eh bien ! ne voit-on par là que Lady Stanhope ignorait évidemment que Lamartine était un poète ?

Lisons maintenant les *Souvenirs et Portraits*, et précisément le morceau où il est question de la visite que Marcellus fait à la même femme.

« Elle dit adieu à l'Europe et s'ensevelit toute vivante en Asie ! De temps en temps un voyageur, alors très-rare, venait par curiosité frapper à sa porte, elle refusait d'ouvrir ; elle ouvrit pour Marcellus et pour moi, parceque Marcellus était un enfant, et parcequ'elle avait entendu mon nom de poète dans le monde. Un enfant et un poète, terrain à songes ! »

Ne voilà-t-il pas que Lady Stanhope savait que Lamartine était un poète ? O fougue d'impression qui aimes à t'oublier jusqu'à te démentir toi-même !

Demogeot savait le pour et le contre lorsqu'il disait [1] « qu'il ne faut pas prendre à la lettre les renseignements contenus dans les charmants récits intitulés *Confidences et Raphaël.* M. de Lamartine en confiant ses aveux au feuilleton romain, a trop souvent jugé à propos de lui parler son langage. » Et ce même langage est parlé, dirons-nous, dans toutes ses nombreuses productions, tant en prose qu'en vers. On lit partout dans ses livres de ces inconsidérations, de ces imprévoyances, mêlées toujours à un grand luxe d'images qu'il a puisées dans Macpherson, traducteur d'Ossian.

Raconte-t-il dans *les Girondins*, la mort de Louis XVI ; le roi après avoir été lié au pied de l'échafaud, y monte, et fait aux tambours le geste du silence. Et comment peut-on faire le geste du silence, si l'on est lié ? On ne le conçoit pas.

----

[1] *Histoire de la littérature française.*

Veut-il inviter Victor Hugo dans ses montagnes natales à Saint-Point ; il lui adresse une
charmante déscription poétique de son château,
que l'illustre invité, s'y étant rendu, trouve tout à
fait dissemblable des vers d'invitation. « Où est le
château de vos vers? » lui demande Victor Hugo.

XXI.

Ce n'est pas que l'illustre écrivain eût une
mémoire infidèle, c'est qu'il ne mûrissait pas
ses idées, ses jugements. L'impression reçue par
son cœur, montait dans son esprit et se repro-
duisait par la presse avec la rapidité de l'éclair.

1848 avec ses troubles, ses orages, son feu,
son sang, n'avait pas encore fini, et Lamartine,
qui avait été principal acteur, orateur, tribun,
génie patriotique dans ce conflit de passions,
bravait tous les inconvénients de la publicité pré-
coce par son histoire de la révolution de Février.

De là sa guerre en politique, de là sa guerre
en littérature tant nationale qu'étrangère, de là
enfin la poésie de Dante devient une gazette florentine, une chronique rimée. Vouloir partout
examiner par impression, juger par impression,
décider par impression, c'est vouloir se dédire,
se démentir, se contredire à tout moment, à tout
propos.

XXII.

Mais, est-ce que Dante, dans sa *Divine Comédie*, n'a point de défauts? Certes, il en a, et
ses plus grands admirateurs les reconnaissent;
mais faisons un moment abstraction des productions naïves et spontanées des troubadours et des
trouvères, dont nous avons déjà fait mention, et
reportons-nous à toute la science du temps qu'on
écrivait la *Divine Comédie*.

Les trois arts libéraux, la grammaire, la rhé-
torique, et la dialectique, formant le trivium et
qui avaient rapport à l'éloquence; les quatre
autres arts libéraux, l'astrologie, la géométrie,
l'arithmétique et la musique, formant le qua-
drivium et qui constituaient tout le savoir de
l'époque, étaient encore en vigueur. Les idées
étaient substituées par les voix, les mots grecs
remplaçaient la connaissance de l'ésprit et des
auteurs grecs, et si la plus légère absence de
raisonnement offensait à peine la dialectique, le
pédant rival, hérissé de grec et de latin, infatué
de syllogismes, glorieux comme un paon, prenait le plus haut ton de docteur contre son col-
lègue. Reportons-nous un moment à cette foule
innombrable de turbulents écoliers, la plupart, à
l'épée à deux mains au côté, au gros livre sous

le bras, au grand chapeau bariolé et pointu, aux cheveux longs et retombant sur le visage, au front sourcilleux, à l'esprit prétentieux et dont le savoir se réduisait à jouer de la viole, à parler comme un perroquet trois ou quatre langues, à agiter des questions sur des matières abstraites et fondées seulement sur des mots vides de sens ; et puis reportons-nous de plus, aux efforts surhumains que Dante a dû faire pour se dégager de tous ces prévenus, et puis par la voie de Provence se rendre à Paris, exceller par l'éclat de ses talents, sur la presque totalité des questions que l'on faisait alors dans une école de théologie, s'asseoir parmi les écoliers de la rue de Fouare où le professeur Sigier [1]) donnait ses leçons ; et tout cela au milieu de l'ostracisme, de l'exil, de l'oubli des vivants, des besoins les plus pressants de la vie, de la faim, de l'exécution en éffigie, et l'on verra l'image du poète italien grandir à travers les ombres, les tortures de son Enfer, les espérances de son Purgatoire, la jouissance, le ravis-

---

[1]) Voici les vers que S. Thomas, cet esprit supérieur de l'école de Paris, feint d'adresser à Dante dans le Xe chant de son Paradis :

> Questi, onde a me ritorna il tuo riguardo,
> È il lume d'uno spirto, che'n pensieri
> Gravi a morire gli parve essere tardo.
> Essa è la luce eterna di Sigieri
> Che, leggendo nel vico degli strami,
> Sillogizzò invidïosi veri.

sement de son Paradis, et l'on verra encore de quelle verve sont revêtus ses vers, ses pensées, ses souvenirs, ses passions!

XXIII.

Écoutons maintenant Ginguené pour ce qui est des défauts de la *Divine Comédie* [1]:

« Le plus grand (des défauts) dans l'ensemble, est de manquer d'action, et par conséquent d'intérêt. Que Dante achève ou non son voyage, que sa vision aille jusqu'à la fin ou soit interrompue, c'est ce qui nous importe assez peu. Où manque une action principale, il n'y a de point d'appui que les épisodes, et un poème tout en épisodes, ne peut ni soutenir toujours l'attention, ni ne la pas fatiguer quelquefois. Le défaut le plus choquant dans les détails est peut-être ce mélange continuel, cet *accozzamento* comme disent les Italiens, de l'antique avec le moderne, et de l'Histoire Sainte avec la Fable. L'obscurité habituelle en est un autre qui n'est pas moins importun. Cette obscurité est aussi souvent dans les choses que dans les mots; elle

____

[1] *Histoire littéraire de l'Italie.*

est dans le tour singulier, quelquefois dur et contraint des phrases, dans la hardiesse des figures, nous dirions en vieux langage, dans leur étrangeté. »

. . . .

Écoutons-le encore pour ce qui est des perfections de la *Divine Comédie:*

« Dans un siècle si reculé, après une si longue barbarie, et de si faibles commencements, on est surpris de voir la poésie et la langue prendre une démarche si ferme et un vol si élevé. Dans ses vers on voit agir et se mouvoir chaque personne, chaque objet qu'il a voulu peindre. La énergie de ses expréssions frappe et ravit ; leur pathétique touche; quelquefois leur fraîcheur enchante ; leur originalité donne à chaque instant le plaisir de la surprise. Les comparaisons fréquentes et ordinairement très-courtes, quelquefois pourtant de longue haleine et arrondies, comme celles d'Homère, tantôt communes et prises même des objets les plus bas, toujours pittoresques et poétiquement exprimées, presentent un nombre infini d'images vives et naturelles, et les peignent avec tant de vérité qu'on croit les avoir sous les yeux. Enfin si l'on excepte la pureté continue du style, que l'époque et les circonstances où il écrivait ne lui permettaient d'avoir; il posséda au plus haut degré toutes les qualités du poète, et partout où il est pur, ce qui est beaucoup plus fréquent qu'on ne pense, il est resté le premier et fort au dessus de tous les autres.

« Cette supériorité qu'il conserve est une sorte de phénomène digne de quelques réflexions. »

XXIV.

Certes, une supériorité phénoménale, et que peuvent comprendre et goûter seulement ceux qui se sont plongés tout entiers dans la profonde obscurité du moyen âge, dans la société féodale, dans la première renaissance de la poésie, dans les cycles épiques, dans cette floraison lyrique du midi ; seulement ceux qui ont l'imagination emprégnée des origines littéraires de la France. Eux seuls peuvent juger sans prévention, parceque'ils voient se dérouler devant eux la formation de toute la richesse intellectuelle.

Voltaire et Lamartine ne rendaient bien souvent hommage à la vérité qu'en rejetant ce que ils ne pouvaient comprendre. En fait de philologie Voltaire répétait souvent : « Je doute beaucoup ; je crois, mais je suis très-disposé à ne plus croire. » Voilà toute sa tendance dans les découvertes de l'érudition. Un critique moder-

ne, Paul-Albert, en parlant de Voltaire dit [1]):
« Je retrouve encore l'influence des jésuites dans
une certaine étroitesse de critique dont il (Voltaire) ne se debarrassa jamais. L'art jésuite est
mesquin, le fleuri et l'allégorie y surabondent;
ce ne sont que colifichets et petits ornements.
Le grand goût leur fait absolument défaut. La-
tinistes passables, ils n'ont jamais rien compris
à la noble simplicité de l'art grec : cela est trop
nu pour eux, trop près de la nature ; il faut qu'ils
embellissent tout, recouvrent tout d'un vernis
rance, qui fatique l'œil et l'odorat. Voltaire ne
goûtera jamais ni Homère, ni Eschyle, ni Pin-
dare, ni Dante... »

Ne pourrait-on pas appliquer ces mêmes mots
à Lamartine qui fit ses études dans un collége de
jésuites à Belley? les jésuites, qui ne mirent jamais
d'importance aux réveils du mouvement de l'é-
rudition moderne !

XXV.

Il est à regretter que ces deux grands hommes qui ont éprouvé l'universalité du génie, qui
ont tenté la fortune des talents, qui ont prodiga-

---

[1] *Histoire de la littérature française au* XVIIIe *siècle.*

lisé leurs plumes dans le tourbillon d'une vie
orageuse, bien que dans des vues divergentes,
n'aient pu s'élever à la hauteur de la pensée poétique qui réunit tout.

Ici l'on n'a voulu qu'exquisser tant bien que
mal, un seul côté du grand lyrique français, le
côté de ses jugements en général trop fougueux-
eux, et en particulier trop inconsidérés, produits
par ses impressions sur le père de la poésie italienne, sans toutefois déroger un seul instant aux
splendides mérites de l'homme qui, comme dirait
un moderne écrivain, a tenu pendant un demi
siècle la France littéraire et politique sous son
admiration , de l'homme qui a su plaire , qui a
su éblouir , qui a su séduire par l'excès de ses
impressions , de sa sensibilité , qui a su flatter
les goûts par son lyrisme sentimental , par sa
mysticité réligieuse, et à qui Sainte-Beuve disait:

Que verriez-vous de plus ? vous avez tout senti,
Votre cœur tout entier est un autel qui fume,
Vous y mettez l'encens et l'éclair le consume ;   [eux
Chaque ange est votre frère et quand vient l'un d'entre
En vous il se repose, ô grand homme, homme heureux.

Voilà donc Lamartine de son coté prédomi-
nant. Veut-on le voir dans son complet? Qu'on
le demande à l'histoire, aux gros volumes ; c'est
à eux de répandre sur l'illustre auteur des *Médi-*

tations une lumière qui resplendira sur la France avec tout le feu sacré dont il fut animé.

Quant à nous, nous nous resserrons dans nos limites fort étroites, en concluant. Dante a fécondé, dans le monde intelligent, la pensée littéraire, mythologique, philosophique et théologique. Si la *Divine Comédie* a été souvent méprisée, c'est qu'on ne l'a pas comprise. « Lucien, dit Benjamin Constant, était incapable de comprendre Homère, Voltaire n'a jamais pu comprendre la Bible. » Lamartine, ajouterons-nous à notre tour, n'a jamais pu comprendre la *Divine Comédie*.

FIN

PUBLICATIONS

DU

MÊME AUTEUR

—

Un coup d'œil sur l'étude des langues. — Messine, Imprimerie Capra — 1864.

Quelques réflexions sur la Grammaire française — Messine, Imprimerie Capra — 1874.

Notice sur l'Abbé Antoine Scoppa — Messine, Imprimerie Capra — 1874.

9 782019 927301